# Microrrelatos

## y

## otros intentos narrativos

# Microrrelatos

# y

# otros intentos narrativos

## Felipe Marcano

Microrrelatos y otros intentos narrativos

# Contenido

# Sinopsis

En el principio; este nuevo intento literario, fue concebido para sistematización, preservación y divulgación, pedagógica, de narrativas micros, cien palabras máximo.

Relatos que; nacidos bajo estado pandémico mundial, por consecuencias del covid-19, como muchas otras historias de vida, representan lo mejor del ser humano en confinamiento, obligante y obligado. Sumido en el más terrible estado de incertidumbre, calamidad social, política, económica, fracaso socio-científico, que; desde su vivencia y consecuencias, aún hoy, parecen conducir al colapso civilizatorio. Extinción de la humanidad.

Luego, ante el surgimiento de la llamada IA, y la realización de lo imposible, se reestructuró la idea inicial con una segunda parte, en la que se exponen **otros intentos narrativos**, propios del devenir histórico contemporáneo. Viejos, antiguos, y nuevos relatos, de temática y extensión libre.

Es así como, este intento de publicación narrativa escrita, felizmente nace con un cuerpo de dos partes:

**Microrrelatos**, la primera, muestra narrativas micro de cien palabras, sin incluir el título, nacidas desde la invitación *web* a ***Escribir Jugando***. Acción narrativa que fomenta la escritura a partir de una ***imagen inspiradora*** y palabras clave, que deben ser usadas en la narración.

A la idea, primera parte, de escribir jugando por inspiración de lo observado en una imagen y su asociación con palabras claves, se sumó la posibilidad de generar ilustraciones, mediante creadores de imágenes por IA, como **narrativa gráfica** relativa y en asociación con relatos ya escritos, dando vida, propósito y destino, a una nueva forma de contar historias, expuesta en la segunda parte como: **Otros intentos narrativos**.

# Dedicatoria


*A todo valiente que;*
*osara tener tiempo para adentrarse en*
*estas narrativas.*

# Parte Uno:

# Microrrelatos

En la búsqueda de musa y elementos narrativos, el interés por esta temática **micro narrativa,** surgió a principios de octubre de 2019, al revisar el blog **Escribir jugando**.

Espacio, en la *Web*, desde donde; **«con desafíos basados en juegos de mesa, se invitaba a participar a todo el que le gusta la escritura creativa y busca una forma diferente y divertida para poner en práctica sus habilidades»**.

Para participar, en el **juego de escritura**, desde el blog, cada mes se propone un nuevo reto, **poesía** o **microrrelato**, de extensión **no mayor a 100 palabras**, sin incluir el título. El **tema** y **la métrica**, son libres, bajo condicionamiento de contener **palabras claves** y **descripciones** asociadas a la propuesta indicada por el **juego de mesa**.

El instrumento usado, consistía en un **juego de cartas,** con una escena, imagen, que; **«debe servir de inspiración para cumplir con el reto señalado»**. Adicionalmente, la narrativa solicitada, debía contener, como segundo elemento obligatorio, **«una palabra asociada al objeto u objetos»** que, acompañan a la imagen principal contenida en **la carta**.

Como tercer elemento en este jugar escribiendo, se presenta el llamado **Reto opcional**, en dos modalidades; (i) solo se sugiere colocar una **palabra clave**. (ii) Con otro juego, de **cartas diferentes**, sobre inventos, su inventor y el año de invención, como hechos históricos, se pide incluir la temática asociada en la narrativa desarrollada.

Así, los microrrelatos aquí mostrados, son el resultado; directo, como participante en el reto mensual e indirectos, relativos a vivencias del autor. Las imágenes ilustrativas han sido tomadas, como parte de la propuesta narrativa y elemento inspirador, del blog Escribir Jugando.

En referencia a la imagen del Reto Opcional, solo se señalará el invento y la fecha descrita.

¡Sean bienvenidos, disfrútenlo!

# Madre Perla

Desde la profundidad, **Pilar**, moribunda, emerge en apresurada y desesperada búsqueda de aire, de oxígeno, de vida.

Por años, sus captores la mantuvieron confinada en **nacarada jaula submarina**.

¿Está a salvo en la superficie?

### Reto – Octubre, 2019, Año II

La imagen, lado izquierdo, muestra **la Carta**. Del lado derecho, el objeto referido es una **jaula**.

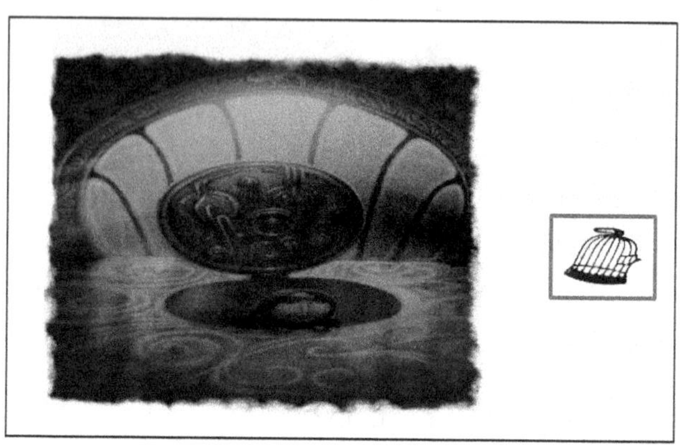

Como **Reto opcional**, se sugiere que aparezca el nombre; *Pilar*.

***

Con solo 37 palabras, incluyendo las dos del título, esta iniciativa de narración, al inicio trajo frustración, silencio.

¡No entendía el asunto!

«Tenía 100 palabras para contar una historia, ¡y solo encontré, y usé, un tercio de ese total!»

Hasta enero, de 2020, duró este no escribir nada, mientras; solo mirar las propuestas de los retos siguientes.

# Matagallan

Festivo con la algarabía y despedida del año viejo, entre nostalgia y esperanzas, cual frágil e inocente **recién nacido**, llegaba **enero**.

*Yoyo*, tío materno de mayor edad, esperanzado en día de reyes como última oportunidad para su **regalo**.

Beto, apuraba la faena; fin del mantenimiento en las embarcaciones después de la veda, al séptimo día, como Dios hizo al mundo, debían estar en la mar.

Mundo de fábulas en madrugadas de pesca, donde; tirados sobre cubierta, mirando al firmamento, cada estrella fugaz definía, llevaba consigo un sueño.

Un secreto hasta la más brillante y portentosa **estrella** de la mañana.

### Reto – Enero, 2020, Año II

La imagen, en **la Carta**, hace alusión a **una niña con un regalo**. Del lado derecho, el objeto referido es **una estrella**.

En **Reto opcional**, se sugiere que aparezca la palabra; *enero.*

***

Entendido el asunto de las 100 palabras, sin contar el título, en lo adelante, todos los microrrelatos mostraran; 100 palabras más una del título.

Se resalta que, en todas las narrativas del reto se mencionan; los elementos inspiradores propuestos en **la carta** –imagen de mayor tamaño, a la izquierda–, y **la palabra** asociada al **objeto** que la acompaña –lado derecho–, como también los elementos del **Reto opcional** en su modalidad de **palabra sugerida** o en la de mencionar, según otra **carta** –imagen no mostrada–, el invento, año de invención o el inventor.

# Fulgores

Sobre cubierta, mirando al distante, nítido y estrellado firmamento, muchas eran las constelaciones, aún más; las estrellas errantes, que, como **mano extendida, árbol de infinitas vertientes** hacia probables e inciertos caminos, invitaban al encuentro.

Evocación de distantes y olvidados momentos.

Medio siglo atrás; a la falda, protección y cuidado de Ignacia, la **abuela** paterna, de edad avanzada, sentados con los platos en las piernas, cada tarde, frente al fogón de leños resplandecientes, como **cerillas** perpetuas, a la orilla de ajizales desarraigados, marchitos, con raíces expuestas sobre la descarnada tierra tras el paso, de sur a este, de devastadores torrentes.

## Reto – Febrero,2020, Año II

La **Carta**. El objeto referido es; **mano/manos**.

**Reto opcional**, la imagen –no mostrada aquí– sugiere mencionar: **La cerilla** o el año de **1827**.

# Despertar

De allá lejos, entre los recuerdos del tiempo de la abuela analfabeta, cuidando de una niñez ajena a la intriga y perversión humana, en tardes de tempestades, venía su primera noción de **sorpresa**, al descubrir que:

Muchas de las conversas a orillas del ajizal, guardaban la necesaria complicidad, en pícara vigilia, de amores furtivos, fugaces, prohibidos, al pie del guayabo.

Del otro lado del **encantado bosque**, en compensación y gratitud hacia la pareja de leñadores, que como **duendes** disfrutaban del azaroso y mundano momento, cuando no apaleaban, con **flecha** y **carcaj**, a los niños que osaran entrar al ajizal.

### Reto – Marzo, 2020, Año II

La **carta**. Como objeto que la acompaña debe mencionarse; **una flecha/ un carca**j.

**Reto opcional**, debía aparecer **una** de las **seis emociones básicas**: sorpresa, asco, miedo, alegría, tristeza o ira.

***

De tiempo presente, febrero 2024, cuando intento ordenar estas historias, recuerdo que; para marzo 2020, la sociedad, la vida, como en ningún otro momento, estaba encerrada, aislada, temerosa.

Obligante y obligatorio el confinamiento ante la declaratoria de pandémica mundial por Covid-19.

En las calles, en los mejores casos, entre transeúntes que buscaban desesperadamente alimentos, medicamentos…, ¡solo hubo silencio, soledad, desconfianza!

Los Estados-Naciones y sus gobiernos poderosos, ambiciosos, mostraron la maldad en su interior. Entraron en caos, y; como villanos de una mala comedia, institucionalizaron el pillaje, el hurto, de todo insumo existente contra la enfermedad. Despóticos, avaros, aún sorprenden las historias de cuántos insumos, de otros, acapararon para sí.

# Recuerdos

Mientras llueve a cántaros, entre oportunidades múltiples, infinitas, pasamos la vida saboreando la diversidad y complacencia al escoger.

Divagando en la planificación de la aventura del día siguiente, gozosos de uno y otro romance, entre placeres, sin percatarnos de la importancia del imperceptible, necesario y valioso **tiempo**, que hoy; ante **el miedo** y el **encierro colectivo**, obligado, junto a la **vida**, parece irse de entre las manos, en ausencia de esos momentos del disfrute mundano.

Ahora, en casa, **confinados** como nunca antes, **solos** y **aterrados**, nos percatamos que; de esos viejos y fructíferos momentos, solo van quedando los **recuerdos**.

**Versión personal, marzo 2020**

**Imagen ilustrativa**: "Playa la Salina" vista desde el faro de "Punta Ballena", Isla de Margarita, Venezuela, N.M., 2014.

***

Desde la calamidad mundial, muerte y autoaislamiento, derivados del estado pandémico, la desconstrucción del entramado social, científico, político, académico, económico, era cada vez más evidente.

¡La especie humana, parecía encaminarse hacia una verdadera crisis civilizatoria! ¡Como nunca en su historia!

A partir de entonces, estas micro narraciones, como vía de escape, al silencio y la soledad, toman un interés muy particular y extremadamente necesario.

Su temática, tanto para el juego narrativo, como de necesidad personal, en lo adelante, directa o indirectamente, pasaron a ser intentos narrativos para plasmar el momento percibido de verdadera crisis socio-científica.

Pasado el tiempo, quizás, en lo personal; resultó ser, el mejor antídoto, de sobrellevar la situación, la falta de contacto físico, las carencias. ¡La percepción de falta de humanidad! Ante el surgimiento de una crisis civilizatoria, desconstructora de sociedades. De todo lo existente.

# Reset

Llegó abril, como en los últimos trece años, abres tus ojos en cada mañana y observas; un nuevo amanecer de abril, con la particularidad extraordinaria de un mundo condenado, convulso, sojuzgado, de salud y pronósticos reservados.

Ante la carencia, desde tu inocencia de niña, vives la alegría, idealizando la vida futura; entre **profesiones** y **quehaceres, servidores públicos, héroes anónimos**, en lucha por salvar la poca humanidad que aún queda, mientras; poetas, narradores y cronistas, tratan, desde sus **escrituras pétreas**, plasmar el momento en solicitud de un ¡ya basta de guerras, desamor, inhumanidad!

¡Paren, paremos este pandemónium!

¡Reiniciemos el mundo!

**Reto – Abril, 2020, Año II**

La **carta**. En relación al **objeto**, del lado derecho, la narrativa debe hacer referencia al; **ojo**.

**Reto opcional**, debe mencionase algo relacionado con el nacimiento de; **la escritura**, en **3.400 a.C.**

***

Este microrrelato fue merecedor de **Mención Especial**

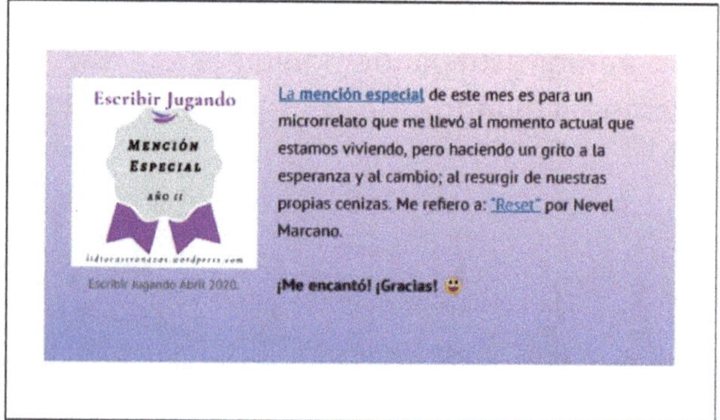

# Tótem-clan

El plenilunio de primavera, con fulgor extraterrenal, revela una onírica y extensa pradera.

Desde su corazón; al centro de este distante, vasto, y en apariencia desolado paisaje, a un lado y proximidad del **tipi ceremonial**, el más reciente **tótem** señala los tiempos del **Oso Traedor** como jefe tribal, en conducción guía de tercera generación.

Sobre sus hombros el poder sanatorio de **Nutria Durmiente**, sobre los de éste; de alas abiertas a la infinitud y trascendencia, más allá de lo terrenal, hacia la espiritualidad y divina grandeza, esculpiendo civilizaciones desde míticos y ancestrales tiempos, cual **Pájaro Carpintero**, la abuela paterna.

**Reto – Mayo, 2020, Año II**

La **carta**. Como **objeto** que la acompaña debe mencionarse el; **tipi**.

**Reto opcional**, en la historia debe hacer mención al; **Animal de poder**.

*

**Animales de Poder'** en el Tótem familiar descrito en el microrrelato:

**Oso**; espiritual. Nacidos entre agosto 22 – septiembre 21. Pragmáticos y firmes para controlar problemas, entregados, generosos y amorosos; humildad y timidez con gran templanza.

**Nutria**; poder. Nacidos entre enero 20 –febrero 18. Independientes, visión distinta de la realidad, razonamientos adecuados, inteligentes y creativos, pero rebeldes y despiadados.

**Pájaro Carpintero**; espiritual. Nacidos entre junio 21– julio 21. Afectivos, saben escuchar a los demás, celosos, enfadadizos y posesivos, dedicados, cariñosos y románticos.

# Abuela

Con más de medio siglo de vida, ante el paso de cada tempestad, o en oración vespertina, sentados a la puerta del fogón, a orillas del patio cubierto de ajizales, cenando con los platos en las piernas, contaba la historia de dos pesadas y oxidadas balas de cañón, allí enterradas, tras ser expuestas por el torrente que descarnaba la tierra:

*«Son recordatorio perpetuo de las guerras por la independencia de Venezuela»* decía con nostalgia, pasión y fulgor en los ojos, en preludio a la oración de encomienda al elegante hombre del caballo blanco, en protección para los hijos lejos.

**Versión personal, junio 2020**
**Imagen ilustrativa**: generada parcialmente por IA.

***

Esta imagen ilustrativa, fue generada, parcialmente, usando la aplicación de creación de imágenes de *Bing/Microsoft*, 2024, mediante la **instrucción**:

*«Abuela y nieto con platos de comida en las piernas sentados frente al fogón, arte óleo sobre lienzo».*

# ¡Calculadora!

Con muy pausado caminar, muestras inevitablemente el paso del tiempo.

De jóvenes, a inicios de los ochenta, entre sueños y aventuras, éramos de las últimas generaciones del siglo; «a escasos veinte años del fin del mundo».

Entonces; desde una prosperidad embriagadora, ¡solo costabas un mes de sueldo!, como *calador en la cuenda del plomo*.

Mes de trabajo en madrugadas y sus días, excluido el domingo en pausa y descanso necesario, tampoco los martes, cuando el lunes no se faenaba en aquellos tiempos, por supersticiones de pescadores viejos, con otras ideas y otros pensamientos.

¡Era ya; casi medio siglo atrás!

**Versión personal, junio 2020**

**Imagen ilustrativa**: Calculadora científica de 1980. Foto N.M., 2020.

***

**Nota curiosa**: Sorprende que; aún a sus 44 años, esta calculadora científica sigue funcionando. Con la velocidad bastante disminuida en resolución de algunas funciones, como es lógico y conocido, en el andar de personas de avanzada edad.

# Mundos

A orillas de su **onírica pradera**, **Oso Traedor**, mira al poniente más allá del horizonte, hasta la otra ribera del gran cuerpo de agua, visualizando señales de un **enigmático y desconocido paraje**; *Tadasu no Mori* le llaman, tierra de *Kami,* bajo formaciones de **aves** que resguardan riquezas, fuerzas y energías inconmensurables.

Preocupado, tensa al máximo **la goma elástica** del arco y dispara; en su morada, al otro lado, perplejos, el *Yatagarasu* y sus **cuervos,** apenas si pueden ver la estruendosa **flecha,** que, **como rayo**, impacta en lo más alto de su *Shimogamu-jinja* y comprenden que:

¡Solo hay dos caminos!

## Reto – Junio, 2020, Año II

La **carta**. El **objeto** que la acompaña, del lado derecho, debe describirse como: **flecha/señal**.

**Reto opcional**, imagen no mostrada, plantea mencionar algo relacionado con **la goma elástica** o **1845**, como el año de su creación.

***

Comentario desde "Escribir Jugando":

*«Wow, veo que no solo has usado la carta el dado y el reto opcional, sino que además has introducido el vocabulario que yo misma usé para el reto. Enhorabuena. No era sencillo conjugar todo eso en un micro que contase una historia en forma de leyenda tan precisa. Muchas gracias por participar en el reto.*

*Un abrazo y hasta muy pronto, Nevel.»*

# Rumores

Corrían tiempos pandémicos; de hipocresía social, económica y política, canibalismo entre naciones, apocalípticos al pensar en la extinción del ser y sentir de la humanidad, mientras; desde todas direcciones, hasta las humildes moradas precipitaban torrencialmente confusos, preocupantes y desalentadores comentarios —¡rumores!— que hacían temblar de pavor, en toda su extensión, a la noble ciudad:

«**Julián**; el más sabio, valeroso y milenario **dragón**, celoso guardián protector del diminuto y muy codiciado mundo del conocimiento, había caído mortalmente herido, tras encarnizado y efusivo **combate**, defendiendo la **torre *Guayamurí***; puerta de entrada atlántica hacia los salones de la identidad y la lealtad»

**Reto – Julio, 2020, Año II**

**Carta**. La narración debe contener, como **objeto** acompañante: **torre**.

**Reto Opcional,** en la historia debe mencionarse los **nombres** de la **persona** y del **dragón**.

# Septiembre

Regresas para encontrarte con **fulgurantes y abrasadores corazones**; temerosos en buena parte, incrédulos en otra, que, por igual, permanecen anclados, a pisos o paredes, con **cinta adhesiva**, mientras; **atesorados** se consumen bajo **cúpulas de cristal**, en resguardo, confinamiento obligado o voluntario, ante el siniestro estado pandémico que persiste contra la vida en libertad.

En un mundo; económico, social, comunicacional, político, lleno de ego, mezquindad, desacuerdos en técnicas y desarrollos economicistas, enfrentado más por consolidar un poder hegemónico, dominante pospandémico, que, por una solución plausible, sanadora, al alcance y disposición de la humanidad, en inefable fracaso académico, científico y tecnológico.

**Reto – Septiembre, 2020, Año III**

**Carta**. Como **objeto** acompañante se debe mencionar: **cofre/tesoro**.

**Reto Opcional**, en imagen no mostrada, sugiere mencionar **la cinta adhesiva** o **1923** como año de creación.

# Andorina

De recorridos mundos, **tu vuelo**, siempre he de admirar, cuando agotada, en medio de la inmensidad y soledad del mar, entre jarcias, mástiles y entrepaños, logro verte descansar.

Tu incesante rutina de ida y vuelta, apacibles muestras hoy.

Posada en ramas de un **desvestido árbol otoñal**, entonando trinos de alegría y esperanza, en **concierto dirigido por la humanidad**, que, de espaldas al mundo, **bastón en mano**, cual director de orquesta, incentiva tú cantar, en distracción de un despertar con hundimiento en la arena, sobre las que la historia suele rodar, mientras tus melodías, a propios y extraños, buscan deleitar.

**Reto – Octubre, 2020, Año III**
**Carta**. El **objeto** debe ser referido como: **bastón**.

**Reto Opcional**, se pide que se mencione en la historia el **nombre común** o **científico de las aves** que aparecen en la carta o **algo relacionado con ellas**.

# Mortuoria

La **barcaza** que desde tiempos antiguos al mundo recorre, llegando a la modernidad, en manos de la mágica ciencia y tecnología de principios de siglo veinte, para **1908**, transformada, había sido con el mismo propósito.

**Caronte**; de barquero, remero, bogador, palero a chofer, conductor, pasaría.

¡Grande la transformación!

A la orilla de la calle o de la ribera, entre pastizales, un sigiloso, astuto y despiadado **zorro**, a fantasmal **ratón** acecha.

¡Qué dilema!

Entre las fauces de un zorro y las ruedas de modernas carrozas mortuorias, debe el pálido y atemorizado ratón; encontrar una solución salvadora de vida.

¡Su vida!

## Reto – Noviembre, 2020, Año III

La **carta**. Como el **objeto** a mencionar: **Caronte** (el barquero del inframundo).

**Reto Opcional**, pide mencionar algo relacionado con la creación del **Ford T** o el año **1908**.

# Tesoros

Entre incontables, ostentosas y abandonadas naves, que, a orillas del mar, varadas, viven el destino de los barcos viejos, cual fortaleza imaginaria de amurallado castillo, **palacio de las mareas**, donde; el pasar del tiempo y la historia resguardan, como **selva** impenetrable, ante la presencia de despiadados **corsarios**, los más preciados y codiciados **tesoros**:

Imaginación, inocencia y alegría de niños que, sin arriesgarse a conocer más allá del horizonte en sus pequeños botes de tres metros, corriendo y saltando, entre las desechadas naves, ajenos, viven, juegan sin descanso a grandes y fantásticas aventuras, en representación de heroicos y arriesgados navegantes.

## Reto – Diciembre, 2020, Año III

La **carta**. Como objeto acompañante debe mencionarse: **bosque/selva**.

**Reto Opcional**, en imagen no mostrada, se sugiere hacer referencia al **Palacio de las Mareas**.

# Lluvia

De ideas está lleno el mundo; la magia en ellas contenida, como en **gotas de agua**, que, en llovizna o torrenciales aguaceros, precipitan, se expone a la interpretación e imaginación de cada observador, que; al mirar en su interior, puede reconocer sus mundos de ensueños, enjaulados en **frasco**, cual botella de genio prisionero.

Símil de **bombilla incandescente**, desde cuya invención, en **1879**, y por más de un siglo, ha cambiado la vida terrestre; sociedad, naturaleza, humanidad entera, iluminando caminos, calles, avenidas, pueblos y naciones, en contraposición de la oscurana que las tempestades y desalientos trae sobre la misma tierra.

**Reto – Enero, 2021, Año III**
**Carta**. El **objeto** acompañante se describe como: **frasco**.

**Reto Opcional**, imagen no mostrada, que se haga referencia a **La bombilla** o **1879** como año de su creación.

# Parte Dos:

# Otros intentos narrativos

Bienvenidos a estos, **otros intentos narrativos**.

Enormemente agradecido de saber que has llegado hasta aquí, más aún, de verte continuar.

Complementario a los microrrelatos, en esta segunda parte, se exponen algunas narraciones, de mayor extensión y temática libre.

En apariencia, disímiles en temporalidad, temática y extensión, tienen su origen, inspiración, en la **necesidad de la expresión narrativa** como método contra las dificultades, contra la desesperanza. **Antídoto literario** en la búsqueda del desenfado. Narrativas; concebidas con destino y propósito en su tiempo histórico.

Aquí, en sentido inverso a la idea generativa de los microrrelatos inspirados en una imagen ilustrativa, para esta segunda parte, desde el **relato escrito**, se busca generar una **narración gráfica**, por **IA**, que, expuesta como imagen ilustrativa, acompañe cada narrativa.

Así, en su original, todas las imágenes usadas para recrear la ilustración gráfica de cada narración, se generaron usando el creador de imágenes, por IA, de Microsoft 2024, mediante la instrucción que se expone al final de cada historia.

En usted, apreciado lector, está el juzgar lo acertado o no de estas ilustraciones, generadas por IA, como narración gráfica en correspondencia con la narrativa que representa y la instrucción indicada.

Que la paz y la aventura sea con ustedes, ¡valientes, valerosos lectores!

¡Adelante!

# Mérida...

La *Ciudad de los Caballeros*, como te llamaron los conquistadores quinientos años atrás, la ciudad de mayor desarrollo en la época prehispánica.

Territorio de grandes, hermosas, enigmáticas, míticas montañas y agradable clima, hace una semana llegué a ti por primera vez y hoy, de regreso a casa, allá, en la distancia y calor de nuestro oriente caribeño, de la *Tierra de Gracia*, siento nostalgia al pensar, al reflexionar, sobre el contraste entre lo viejo y lo nuevo, el pasado, nuestro presente, el futuro:

—El tiempo histórico, sociedades, cultura...

¡Oh bendito tiempo!

Tus viejas casas con sus techos deteriorados por el tiempo y la inclemencia invernal. Tu gente; de viejas y nuevas culturas debatiéndose entre la vida y la muerte. Tus niños, en su gran mayoría de tristes ojos y rostros quemados, marchitos por el frío, hacen recordar el pasado, nuestra historia libertaria, y pienso en el futuro.

Rasgos ancestrales y modernos, conjugados, entremezclados en una sociedad de 500 años de historia, conservando en muchos aspectos sus creencias, mitos y leyendas. Rasgos culturales propios que te hacen y definen como una ciudad inolvidable, mística. De noches extremadamente misteriosas, fascinantes, que me trasladan a tiempos remotos, antiguos, muy antiguos; aquellos de tus primeros pobladores, tu civilización y sociedad originaria:

—¿De dónde vinieron? ¿Cómo llegaron a estos parajes?

Con la vertiginosidad del pensamiento y la reflexión, regreso al presente, no sin antes, a través de la historia, encontrarme con Simón y su campaña libertadora del Sur:

—¡Mis respetos General!

Entre *Apartaderos* y *Chachopo,* encuentro a Andrés:

—¡Saludos, poeta!

Un poco más allá, más arriba, por lo más elevado del páramo merideño, en tiempos más recientes, pero aún viejos, posteriores a la independencia, me encuentro con *El Libertador* camino a su destierro.

Desenvaino mi pluma para contar esta historia, mientras; desvisto mi alma para rendir honores a tan alta investidura.

En el camino, me cuenta de victorias: Carabobo, Pichincha, Junín, Ayacucho...

—¡Oh, sí, Ayacucho y su Gran Mariscal! ¡El de allá, el de la *Tierra de Gracia*, de dónde también venía yo!

Cuenta sus desvelos, decepciones y traiciones, derrotas en la construcción de una grande, poderosa nación nuestra americana, para enfrentar los desafíos nacientes hacia el distante futuro.

«Grande y prospera Nación capaz de proteger, defender, a esta hermosa tierra, de traidores y conquistadores...»

Al mirarlo a los ojos, durante su delirio, encuentro en la profundidad del alma humana, de aquel hombre sin patria, una grande, inconmensurable e indescriptible tristeza que ahoga mi desnudo y mortal cuerpo con extraña, inhumana, más allá de lo terrenal, sensación de frialdad, helades mortal... que como pesadilla me obliga a despertar. Me traslada, con inusitada vertiginosidad espacio-temporal, al presente, al encuentro y vivencia de estos parajes:

—¡Mérida, su historia, su gente, sus paisajes, sus encantos...!

Un territorio, una ciudad, un pueblo, una sociedad, una cultura, desconocida, ausente para la gran mayoría de este país, que a pesar de la grave y profunda crisis social en la que trata de subsistir, es una ciudad inolvidable, acogedora, encantadora, mágica.

Extremadamente mágica, de encanto místico, fascinante, que despierta, con cada ráfaga de helada ventisca, los más profundos y contradictorios sentimientos de amor, tristeza, nostalgia por las personas que no están y deseos infinitos por estar con otras.

Recuerdos más antiguos sobre victorias y derrotas, nuevos pensamientos que llevan a encontrarnos a sí mismos; con la existencia humana fundamental, pura, virtuosa, inmaculada, con el amor, la necesidad de amar y ser amados, un lugar donde volver a empezar.

En la *Sierra Nevada*, su rostro, intentando esconderse delicadamente de mi cámara entre los florecidos frailejones, entra en contraste con el blanco, verde, amarillo, azul, gris, marrón, el multicolorido montañoso y despiertan, desde la inmensidad del paisaje y profundidad del alma, del ser, los más puros, nobles deseos de amor, amistad, ganas y necesidad de un pensamiento, una idea, una razón y justificación para esta narrativa.

Una semana después, en el retorno a casa, al detenernos en el mismo sitio, vuelvo a encontrar a la esquiva imagen..., por suerte; ¡ya no se oculta!, entiende de mi deseo y necesidad infinita, del encanto que ha causado en mí; alma, mente y corazón, despertando una profunda, inmensa soledad y tristeza porque es el momento, tiempo de partida, de despedida, del hasta luego, del fin de un relato, un pensamiento, una vivencia, en esta enigmática tierra.

—¡Oh, Mérida! ¡Cuánto te extraño!

Hoy, sábado 20 de noviembre de 1993, desde la *Sierra Nevada*, siendo las 16 horas 56 minutos, el nudo en mi garganta, solo me permite decirte que:

«Me voy pensando en ti, con la alegría de conocerte, la tristeza de la partida y la esperanza de volver para soñar con una historia que pueda contar completa.

Chao.»

*

Noviembre 1993.

***

*¡Ya casi son 31 años, entonces, solo teníamos 28 y toda una vida por recorrer!*

**La imagen ilustrativa** fue generada mediante la instrucción:

*«Ciudad de Mérida, valle entre montañas andinas, arquitectura siglos XIX y XX, Pico Bolívar, Collado del Cóndor, teleférico. Arte óleo sobre tela»*

# ¡Cuando fuimos niños!

En tiempos de la abuela Ignacia; el invierno, de intensas lluvias, traía un ambiente festivo.

¡Tiempos de bañarse en el río!

Ignacia, la abuela paterna, ya en su avanzada edad, nos advertía, nos conminaba a no salir a la calle; «las tormentas traían desgracias, el castigo divino, en forma de centellas y *mangueras*, que arrasarían con la tierra», decía.

Durante las tempestades, las requisas o cada tarde, en la puerta de la casa, oraba ante los cuadros de Bolívar y San Marcos de León. Siempre hacía tres oraciones: La primera, contra la tempestad, otra para iluminar a los hijos lejos, en alta mar, la última, ¡para los difuntos!

Su hijo mayor, Andrés, había muerto en accidente de cacería. Ese día buscaba la gran presa para el compartir del pueblo, como era costumbre cada fin de año o Navidad.

La casa de la abuela Ignacia tenía una habitación con un escaparate, donde guardaba sus vestidos, y una mesa con los cuadros de Andrés, el tío más viejo, el de Simón Bolívar y el de San Marcos de León, iluminados por una luz permanente desde un vaso con agua y aceite de coco.

La cama donde dormíamos, estaba en una pequeña sala.

El primo Cirilo, hijo de Pedro – el segundo de los nueve hijos de Ignacia–, dormía en la *hamaca*, siempre llegaba con los pies sucios, mugrientos, por sus *alpargatas* suela de caucho.

¡Era el tiempo de las *alpargatas*! Suela de cuero para los más adinerados y de caucho; *Goodyear* o *Firestone*, para los de menos recursos económicos.

A decir de la abuela, eran: «¡*Tiempos del principio del fin del mundo*!». Cuando la humanidad se acabaría para el año 2000. Entonces, los más jóvenes, ¡solo llegarían a tener 30 años!

Se cocinaba en fogón. Amelia, a diario, traía leña, por una *locha* o *medio real*.

En el patio había matas de *anón*, de *guayaba* y de *ají*, ¡auténtico *ají margariteño*! Sus matas median casi dos metros. El ciento, lo vendíamos a *diez bolívares* a la señora Angelina, para su bodega, en Barrio Caracas, *Boca de Río*.

¡En las casas no había baños!

Había letrinas, construidas en la época de Pérez Jiménez o inicios de *La Cuarta*. ¡Ya estaban a reventar! ¡Las necesidades durante el día se hacían en el monte y en la noche, en la salina o en la playa!

¡En las letrinas las cucarachas te mordían!

¡Era la época de la gran bonanza venezolana! Decían.

Extrañamente, a pesar de esa bonanza, en todo el pueblo, de unas 500 casas, ¡solo existían de 3 a 5 televisores!

Nadie hablaba de inflación, de marginalidad, de exclusión, de pobreza, de miseria.

¡Mucho menos sobre derechos humanos!

El tema fundamental en los medios; radio, prensa, TV o revistas especializadas, ¡en la iglesia cristiana!, era: «El fin del mundo a la media noche del 31 de diciembre de 1999»

¡Al alba del año 2000!

¡En la primera fracción de tiempo del siglo XXI!

Diez años más tarde, cuando se acabó la bonanza, la llamaron la época del «¡*ta barato dame dos!*»

¡La Venezuela Saudita!


Cuando no había escuela, el almuerzo era pescado y *arepa*, en la cena también.

Las *arepas* eran de *maíz pilao*, molido temprano, en la mañana, desde la madrugada, donde Valentín, *Chevita*, o por la casa de Magdalena.

¡No había café!

Había *guarapo de papelón*, en ocasiones con leche de chiva, las del corral de *Cucho*, el tío *Cucho* —penúltimo de los nueve hijos de la abuela Ignacia—, ¡solo aprovechábamos la leche!, los chivos ni se los comía ni los vendía, los cuidaba hasta que los malhechores de esos tiempos se los robaran. *Cucho* pescaba con *nasas*.


Era la época del contrabando, desde Curazao, Martinica, Cayena, Trinidad hacia Margarita, y de Margarita a tierra firme. ¡También época y tierra de guerrilleros! Primero contra Pérez Jiménez, después contra Betancourt y Leoni.


En el patio estaban dos pesadas balas de cañón. La abuela, Ignacia, con más de 60 años, brillo en los ojos, pasión, dureza, valentía, nostalgia, muy profundos sentimientos, siempre dijo que; «¡eran de las guerras por la Independencia de Venezuela!»

En nuestra Navidad, pocos niños tenían buenos y modernos juguetes. Cornelio —papá—, hijo menor de Ignacia, era marino mercante, trabajaba en la *Venezolana de Navegación C.A.* Entonces, de las más relevantes del continente, floreciente naviera venezolana.

Traía ropas, zapatos y juguetes caros, de última generación, como regalos de Navidad.

Otros niños no tenían; ¡los construían, se los inventaban!

En la casa de la abuela, no teníamos árbol de Navidad ni nacimiento. En la casa de otros niños sí. Sus padres traían ramas secas o *sábilas* y las adornaban.

¡No teníamos cenas de Navidad!

Dormíamos temprano a la espera del Niño Jesús.

En algunas familias más unidas, más organizadas, de mayor arraigo afectivo, de los niños sin juguetes, ¡tenían cenas de navidad o de fin de año!

Al día siguiente, satisfechos, comentaban lo exquisito del pan de jamón, el *panetón*, o el pernil, cuando no el pavo, por lo menos la *hallaca* o las uvas del tiempo.

¡Gallinas, pavos y cerdos criados en los patios de las casas!

Para nosotros; los de los buenos, modernos y costosos juguetes, ropas y zapatos finos, «¡esas comidas en unión familiar, eran cosas de película!»

Ya de viejo —papá, Cornelio—, contó que; «esos grandes barcos recorrían Europa dos veces al año» «¡De Venezuela salían vacíos!, sin carga alguna, sin nada que vender en el exterior y regresaban llenos, fundamentalmente de *Whisky* y zapatos» *Whisky*, cigarrillos, zapatos, costosos, lujosos, ¡muy lujosos!; «*para gente de clase, distinción y categoría*» como lo decía el más famoso presentador de TV en la publicidad.

En el 70, conocimos a *Bennett*, «el cometa de las dos colas» que, a decir de la abuela Ignacia; «destruiría la Tierra».

Antes, en 1965, surcó los cielos terrestres *Ikeya-Seki*, «el cometa del siglo XX», «*¡un cometa más brillante que la luna!*»

Nacida en 1900, a sus diez años, fue testigo del primer paso del cometa *Halley* (1910) en el siglo XX. *West*, «el cometa de la cola de abanico», en el 76.

«¡Cuándo las universidades eran el centro de atención nacional!»

A esta generación, del 76, tiempo después, se llamó «*generación boba*»

Para 1986, ¡sin futuro!; donde apenas uno de cada diez jóvenes tenía la esperanza de entrar a la universidad y no sabía cuándo terminaba, ¡si terminaba!, se llamó «*generación Halley*», tras la segunda venida del cometa en un siglo.

¿Cuántos venezolanos vieron a *Halley* por segunda vez en el siglo XX?

¡Ya la abuela Ignacia había muerto!

Las maestras de la Escuela Concentrada Nº17; *Chila*, primer grado, *Yeya*, segundo, América, tercero, como interinos de un tiempo para cuarto y quinto, Carmen, Calazan y Eloina.

En sexto, donde todos queríamos estar, la maestra Ricarda, hermana de la directora, la maestra Guillerma, hijas de la señora *Ñio*, Estefanía.

En el comedor, *Yuya* la ecónoma, Herma, Yolanda y Abilia, esposa de Cornelio –mamá–, las cocineras.

«*Pancho Villa*», junto a los gemelos *Chan* y *Chon*, «eran terribles, ¡un día mataron a *los Chiritos de la Virgen*!»

A *Martín Pelao*, los duendes, en el patio de la escuela, entre las matas de erizo, a diario lo *coñaceaban*. También el perro de *José Cheito* –el barbero de la *totuma*–, un día, hastiado de *tanta joda* de Martín, casi se lo come vivo.

Le destrozó la boca, desde entonces, era «Martín *boca e perro*».

Un muy lejano día; vino un presidente a inaugurar la carretera. Después vino otro por el acueducto.

¡Eso duró poco, nunca había agua!

En verano, con los grandes y cálidos vientos, las salinas se llenaban de gente.

«¡*Era el tiempo de voladores!*»

El viejo Salomón y Felicio, su hermano, construían unos gigantes que parecían tocar el cielo. La cuerda, en forma de jota, constituía el cordón umbilical entre cielo y tierra, el camino para llegar a Dios.

¡No había maldad!

La competencia era quien llegaba más alto.

Con el tiempo; llegó la maldad, y colocando hojillas en sus colas, la alegre tarde se convertía en un campo de batalla, donde lo importante era derribar al otro.

¡La guerra se propagaba entre el cielo y la tierra!


«¡Otro día capturaron una ballena!»:

Las *rollerías* –cardumen– en la distancia, al horizonte, cuatro, cinco millas, mar a dentro, eran la conversa obligatoria desde las *enramadas* de la playa.

Los entusiastas y viejos pescadores motivan la aventura, había llegado el tiempo y edad para hacernos a la mar.

¡Por nuestra cuenta, todo estaba calculado!

Ese día, no iríamos a la escuela, con el descuido de los mayores, zarparíamos a nuestra primera y gran aventura pesquera.

Al horizonte, en las grandes *rollerías*, las de mayor avanzada, donde se concentraban todos los pescadores.

¡También las formidables ballenas!

¡Eran mucho más grandes que nuestro pequeño bote de tres metros!

¡Nunca habíamos visto una ballena! ¡Menos comiendo!

¡Tan grandes y próximas a nuestro pequeño bote!

Desde otras embarcaciones, los más viejos nos alertaban, nos confundían, nos atemorizaban.

*Chelano* y Clariso, a cargo de la *máquina* –red de cerco– de Valentín, en rápido y envolvente despliegue, logran cerrar el cerco en torno al más grande cardumen. «¡*La calada era tremenda*!»

Sorpresivamente, desde el fondo, emerge majestuosa la gigantesca ballena. ¡Estaba acorralada por la red!

El desespero del animal por liberarse crea un momento de tensión, desesperanza, terror..., en quienes estábamos alrededor, más aún, en quienes la tenían atrapada.

¡Nunca antes habían pescado una ballena!

En sus repetidos saltos, más de la mitad del cuerpo cae sobre la red y se libera, ¡por suerte!

Los más profundos temores, de ser devorados por tan formidable monstruo, estremecían nuestros jóvenes cuerpos, aturdían nuestra mente. A medio recoger los implementos, emprendimos la veloz carrera.

Por mucho tiempo, hasta la nueva temporada, para nosotros, en castigo, no hubo más salidas, ¡tampoco queríamos salir!

Veinte años después, nuestras ballenas ya no están, ¡parecen haberse extinguido!

Los grandes *chuchos* en la poza, y «sus vuelos sobre nuestras cabezas», ¿por qué ya no están? ¿Se extinguieron? ¿Qué pasa en nuestros mares?

Hoy, las dificultades pueden ser mucho mayores y peores que las de siglos pasados; sin embargo, esta es una tierra de gracia, de amplias y excepcionales libertades, ¡como en ninguna otra parte de este planeta Tierra!

Una Patria de la que; por mezquindades políticas, denigran sin entender su concepción, su razón de ser.

Esta, nuestra tierra, y mares venezolanos, en sin duda lo mejor del mundo. Ella nos dio vida, nos vio crecer y reproducirnos, ¡esencia fundamental!

Tierra que, cuando nuestra vida no esté, también nos recibirá en su vientre. Ninguna otra, en este planeta, es tan buena, noble y acogedora como la tierra venezolana.

*

Diciembre 2017

***

**Instrucción** para **imagen ilustrativa:**

*«Niños jugando a ser grandes marineros en barcos viejos varados a la orilla del mar, puesta de sol. Arte óleo sobre tela»*

# Bosquejos de una tempestad

Mientras espero a Kamila salir del colegio, frente a la casa de gobierno, observo que; mediante un ensordecedor martillo neumático, ya están rompiendo el nuevo piso de la plaza, construido recientemente como parte del homenaje por los 500 años de la ciudad.

¡Es todo un tormento!

El ruido, el polvo, aturden el pensamiento. La observancia y análisis del entorno dentro y fuera de nuestras fronteras; ¿cómo van y vienen las informaciones?

¡A la velocidad de la luz!, en espacio y tiempo real.

¡Me detengo!, esbozo una idea, otra y luego otra. Vuelta, una sobre otra, como en ¡erupción indescriptible de ideas!

Situaciones viejas, nuevas, de espacio-tiempo presente, en proyección futura.

¡Fabulosa locura!

La gente y su movimiento en la calle, por cualquier medio o en busca de cualquier solución, me detiene; define nuevas vertientes narrativas donde:

«Tras cada victoria electoral y diplomática, una relativa calma, en aparente paz política, se exterioriza, ¡por momentos parece consolidarse!

No así, en lo social y económico, donde; la situación derivada, directa o indirectamente, del bloqueo financiero internacional contra la nación y, la no cooperación empresarial interna, cobra relevancia.

De apariencia irreversible, consecuencias devastadoras, destructivas, de todo el entramado social»

«Percepción de un gobierno, estado-nación, maniatado, derrotado»

«Las ayudas gubernamentales, bajos sueldos y los millonarios límites en las tarjetas de crédito, ¡no son suficientes!, contra la indescriptible, inefable, subida de precios.»

¿Cómo se pagarán esas cuentas bancarias?

¿Cuándo cesará tan despiadada y brutal agresión?

¿El transporte, cuándo funcionará?

La salud, alimentos, seguridad, el sosiego, la vida; desenvuelta, regular, rutinaria. El bienestar, ¿cuándo volverá?

¡Tendremos tiempo para verlo regresar! ...

Futuro borrascoso, de tempestad interminable.

En contraposición al desánimo, desaliento, amargura, parálisis, el pensamiento, ¡apasionado pensamiento!, vuelve a una idea principal: ¡Escribir!, ¡seguir escribiendo!

¡Escribir como necesidad incuestionable!

Ineludible necesidad de contar historias desde el acontecer social, político, económico, contemporáneo.

¡Como vientos huracanados, de indescriptible potencia, afloran las ideas, relaciones, palabras, frases, imágenes!

Hilos conductores y conectores entre viejos relatos, ficticios, reales, eventos y noticias del día. Infaustos o no, establecen, definen, orientan y obligan la acción descriptiva, el relato necesario desde el que esta narrativa toma vida.

«A pesar de la tempestad en la que estamos inmersos, no cesa la confluencia y ocurrencia de eventos propios de fantásticos relatos; ¡mágicos relatos!»

¡Surgen de las entrañas, del alma, de la necesidad de contar! De narrar una historia contemporánea por imposición de la profundidad del alma y su conexión espacio-temporal con el momento histórico, los acontecimientos sociales, políticos, económicos, que suceden alrededor, vistos frente a la razón, desde una concepción relativa, con centro y referencia en la observación omnisciente, omnipresente.

Finos y gruesos trazos, uno sobre otro, y otro sobre otro, ambos, todos sobre un bosquejo histórico contemporáneo.

¡Sobre el lienzo del incipiente pintor ante el más indescriptible, sublime, de los motivos!

11:30 am. ¡Suena la alarma!

Tiempo de recoger a Kamila.

¡Hoy no tenemos transporte, la *colita* habitual, para el regreso a casa!

Es viernes, mediodía, un día después del solsticio de verano, el sol en su máximo esplendor.

La ciudad abarrotada de gente, buscando cómo regresar a casa. ¡Colas, peleas en las colas del transporte público! ¡En las colas para un taxi, todos los que pasan están ocupados!

¿Cuánto costará hasta la casa, apenas tengo 100?

¡Un taxi, al fin!

¡Destartalado *Chevette* de cuatro puertas!

¿Por cuánto nos lleva…?

Vacila, no responde.

¡Tengo un billete de 100 mil!

¡Ese sol está matando a la niña! Insisto.

De buenas maneras, acepta llevarnos.

¡Gracias a Dios!

Al rato, en la vía, con el sol a su máxima potencia en un cielo totalmente despejado, otro conductor nos previene de un neumático roto.

¡Qué mala suerte, aún falta mucho! Pienso.

Bromeamos, pido disculpas.

¡Los 100 mil, no alcanzan para nada!

Comenta que le costó cinco mil. En el cono monetario anterior se refería a; ¡cinco millones!

Así nos acostumbramos.

Psicológicamente, nos quedamos estancados, en la unidad de mil, como referencia a los precios, tras la primera reconversión monetaria. Mientras, los precios andan en los ¡millones!

Detiene la marcha, ya no podemos seguir, vuelvo a disculparme, me comenta que iba a su trabajo, su casa está cerca, ¡la de nosotros, a un kilómetro y medio!

Caminamos hasta la casa bajo el inclemente sol del mediodía. ¡No quedaba otra!

Por el camino, a lo largo de la avenida recién terminada:

En la farmacia, la nueva cajera me sorprende; ¡bella y sensual mujer! Su presencia me recuerda que tengo pendiente una historia por escribir.

Tiempo atrás, solía verla todos los días; mañana, medio día, tarde, de ida y vuelta con sus niños o al trabajo. Frente al colegio, mientras llevaba o buscaba a mis niñas, a mi esposa.

Ella, la mujer, no tenía auto, en su recorrido, ¡caminaba más de cinco kilómetros diarios! En ocasiones, su papá o su mamá la ayudaban con los niños.

Su sensualidad y un ¡no sé qué al caminar!, en su persona, siempre llamaron mi atención.

Siempre despertaron profundos deseos de escribir sobre ella, una historia en dedicación y de nombre *Mujer*.

Entonces; ¡nunca supe tu nombre!

Parado frente al colegio, en las escaleras de la iglesia, por años la vi pasar, probablemente cinco, seis saludos de cortesía durante el año escolar.

La tienda donde trabajaba había cerrado. Su rutina y la mía cambiaron totalmente, ¡nunca más nos volvimos a ver! Con frecuencia veía a su madre buscar a los niños.

¡Hoy nos reencontramos, está trabajando como encargada en esta farmacia, hablamos de lo que yo estaba buscando!

Tiempo después, en otra visita, sabré que se llama Iris.


La avenida, a ambos lados, está llena de autos, de gente ingiriendo cervezas, ¡muchas cervezas!, donde las más baratas, la semana pasada, costaban 600 mil por unidad de 222 mililitros. ¡Este viernes, tenían tercios o media jarra!, el de 355 mililitros, ¡exquisito! ¿Cuánto costará hoy?

¡Así cualquiera!, parecían llevar la situación y vivir desapercibidamente a pesar de la carestía, insuficiencias, bloqueos, mal funcionamiento, colapsadas estructuras sociales, económicas.

Los jóvenes que terminan el año escolar, el bachillerato, en caravana, con música y alegría, de nuevo recorren las calles...

¡Ojalá, esta algarabía y paz social, sean permanentes!


Es el año del 32 aniversario de México 86; final Argentina-Inglaterra y *la mano de Dios*.

En Rusia, se realiza un nuevo mundial. Muchos asistentes latinoamericanos; de diferentes nacionalidades, son sancionados, deportados e impedidos de por vida para entrar a campos de futbol, por falta de respeto, violación de las normas de seguridad, xenófobos. ¡Por idiotas!

El Papa, tras exigir a periodistas decir la verdad, y escuchar la versión sobre conspiraciones mediáticas, expresa: «¡Ah, pensé que los periodistas eran niños de primera comunión!»

Llegando a la casa, tras caminar bajo el inclemente sol, al mediodía, un día después del solsticio de verano, recuerdo que es viernes.

Como muchos otros, tiempo atrás, de festividad embriagadora. Y pienso que: «en medio de la tormenta, ¡la normalidad parecía retomar las calles!»

Tormenta…

*¡Oh, tormenta! Exquisita tormenta; ven a mí, que quiero adentrarme en tus profundidades y, con trazos de un pintor desenfadado, plasmar tu belleza en esta historia.*

*

Junio 2018

***

**Instrucción** para **Imagen ilustrativa**:

*«Bosquejo de una tempestad, 3D, que incluya aspectos sociales, políticos, económicos, de tiempo y espacio actual. Arte óleo sobre tela»*

# Einstein...

Como ventiscas invernales; informaciones y contrainformaciones suceden con inusitada rapidez, todos los ámbitos, desde todas direcciones. ¡Fabulosas!

Convergen, marcando trazos definitorios de una historia, ¡que luego, tendrá otro nombre! Donde lo inusual y extraordinario toma cuerpo y Albert, protagonismo.

La frialdad del ambiente ha dejado los árboles sin hojas; el invierno está próximo. Al interior del aula —según preferencias del lector; *Harvard University* o *MIT, Boston, Massachusetts*—, el viejo profesor; bonachón, de desenfadada expresión, burlona, pícara sonrisa, canosa, escasa y despeinada cabellera, frente al pizarrón, tiza en mano, mira al excepcional auditorio de un solo asiste, mientras afirma que:

«Su teoría de la relatividad está equivocada»

¡Ha sido malentendida!

«La posibilidad de un viaje en el tiempo, pasado o futuro, mediante sistemas o estructuras macroscópicas, es incierta»

¡No es posible!

«La nave, por su gran tamaño, además de especial propulsión, requiere de grandes distancias, ¡inconmensurables!, para aceleraciones y desaceleraciones»

«Durante el proceso y recorrido de la aceleración inicial, primigenia, necesaria y suficiente, para alcanzar velocidad y energía de salto cuántico, por la propulsión y aerodinámica de la nave, en el entorno se originan perturbaciones electromagnéticas con velocidades de propagación inferiores a las de la luz»

«El frente de onda inicial, al propagarse con velocidad y energía inferiores al de cada frente de onda posterior, determina el mecanismo o perturbación dominante en la propagación del conjunto»

«La ralentización de estas ondas, origina un pozo de potencial en el espacio-tiempo de la nave, confinando su movimiento y existencia a un tiempo y lugar presente»

¡Es una prisión en el espacio-tiempo!

¡Fructífera, deliciosa tempestad!

Cual centellas en tormenta eléctrica, de intensas y poderosas ráfagas, surgen las palabras, ideas, evocaciones, emociones, incesante quita y pon, por momentos, innecesario corta y pega, de escenarios presentes, viejos y futuros.

¡Reales o ficticios!

¡Sublime amargura!

*

Junio 2018

***

**Instrucción** para **Imagen ilustrativa**:

*«Boceto del universo, paradoja relativista, como prisión espacio temporal para la especie humana. Arte dibujo a lápiz»*

# Sueños;
# entre vida y muerte

Cae la tarde dando paso a una gris ciudad, profunda, de noche oscura.

Frente a la casa, un extraño e inusual auto espera con el motor encendido. Su conductor luce inquieto.

Desde la casa vecina, surgen, repentina y velozmente, dos asaltantes, botín y armas en mano. Sus caras cubiertas con pasamontañas dejan ver; claros y vivos ojos, rostros de los bandidos en la película de la noche precedente.

Entre las sombras, me hago a un lado, entro silenciosamente a la casa. Quiero gritar, pedir auxilio, alertar, informar del asalto a los vecinos:

¡Nadie escucha, nadie entiende…! ¡No puedo!

En la calle; otro hombre, revolver en mano —¡un 38! —, intenta ubicar a los agresores, no los ve, no los distingue en medio de la noche, simplemente está asustado y prefiere no enfrentar.

Desde el interior; la calle luce diferente —es otro escenario–, hay un caos:

Transeúntes y vecinos alarmados, no entienden, no saben, no comprenden lo sucedido. Van de un lado a otro buscando venganza; en sus mentes solo hay rumores, ideas infundadas, mal intencionadas, relatando historias confusas, de violaciones y muertes, de víctimas inexistentes.

¡La calle es un caos!

Desnudo, en medio de la sala, a través de la ventana, veo correr a todos en todas direcciones.

¡La calle es un caos!


A través de grandes ventanales, de una habitación hotelera, en la distancia, entre el borrascoso atardecer, observo el retorno de muchos pescadores. Vienen de vuelta a casa, hacia el interior del golfo.

Sus embarcaciones, de pequeña envergadura, sucumben ante la adversidad.

¡Se hunden, todos y cada uno, se hunden!

¡Estoy en uno de los botes!

Los de atrás, los de estribor y babor, los del frente, también se hunden.

¡Se hunden, también el nuestro!

El motorista acelera, imprime toda potencia, el pequeño motor fuera de borda se desprende —¡corre en busca de resguardo!

La inercia del bote nos lleva a tierra, por una empinada escalera, de esas de infinitos peldaños, que, entre rancherías, sobre montañas y laderas de alto riesgo, en torno a grandes ciudades —estereotipo de miseria–, parecen conducir al cielo.

¡Estamos encallados a mitad de la escalera de un peligroso paraje!

¡Insalvable laberinto!

Como en otras ocasiones; ¡estoy solo!

¡A merced de los enemigos, del peligro!

¡Intento escapar volando!

¡No lo consigo, no tengo aliento!

Con dificultad, tras varios intentos, logro trepar en un deteriorado paredón.

¡Qué mejor manera para escapar del laberinto!

¡Peligrosa manera, al intentar caminar sobre viejos paredones y techos de hoja lata, de viviendas mal construidas o muy deterioradas! A merced de cualquier tirador, defensor de su propiedad.

Desde aquí, de lo alto del paredón, visualizo claramente la salida. ¡Está al otro lado de estas casas!

¡Solo una cuadra me separa de ella!


¡La calle está en caos!

En la sala abarrotada, ¡a nadie parece importar mi desnudez! ¡Es una celebración familiar!

¡Un velatorio cuerpo presente!...


En un determinado momento, una vieja mujer, tocando mi pierna, señala y recuerda la desnudez. ¡Debo ir por ropa, todos están elegantemente vestidos!

Camino hacia la habitación, a través del largo pasillo, a mi espalda, siento pasos, próximos, muy cercanos, casi sobre mí –¡desde otra dimensión, en un mundo paralelo! –; una mujer, de mediana edad, camina muy cerca de mi espalda, ¡también está desnuda!

Sin querer, pero; con toda intención, tiendo la mano en intento de palpar aquel hermoso paraje. ¡Valle prohibido, de satisfacciones, placeres insospechados!

Paraíso del pecado original, de traiciones, injurias y lujuria, de penas. Monte de diosa romana. ¡Valle de vida!

Inadvertida, en su propia dimensión espacio-tiempo, se apresura, se aproxima, se vuelca sobre mi extendida mano.

Con la palma intento cubrir la extensa llanura, su delicada y delirante vegetación.

En la calle, el turbulento atardecer ha dado pasos hacia una oscura y profunda noche. Junto a una hermana, su esposo y sus hijos, intentamos conseguir algo para comer; ¡no hay, todo está cerrado!

Les señalo otro posible lugar, al otro extremo de la ciudad, donde llaman «la calle del hambre». De pronto, en veloz carrera, un pequeño ciervo, marrón y blancas manchas, cruza la calle ante nuestra atónita mirada.

En la otra acera; luce largas patas, luce mucho más alto que un hombre. Los policías, desde la alcabala, no se percatan de su presencia. Alguien lo corretea, lo acosa, lo sujeta del cuello. Parece atraparlo, ¡no puede! Es mucho más poderoso que el hombre, que el más antiguo de los compadres. Lo embiste, lo derriba.

Corre hacia el otro lado de la calle, hacia mí, ¡estoy solo, inerme, ante aquel portentoso ejemplar!

«¡A esa velocidad, con solo golpear su cuello, puedo derribarlo!»

«Para ser un macho de gran tamaño, ¿por qué no tiene cornamenta?»

«¡Es una hermosa y angustiada hembra en avanzado estado de preñez! ¡Su rostro muestra la desesperanza del que huye para salvar la vida!»

«¡Ante mí, no se detendrá, también me embestirá!»

Desde sus hombros, parece exhalar grandes fogonazos. Es como un gran mamífero marino al emerger desde la profundidad en apresurada búsqueda de aire, de oxígeno, de vida.

Locomotora de indescriptible potencia.

Me hago a un lado y la veo pasar.

Tres, cuatro, siete, diez, saltos adelante, se detiene en medio de un conmocionado grupo de perros. La acorralan.

Se postra ante sus perseguidores, se recuesta entre ellos; lamen, acarician, con ternura, su agitado cuello.

¡Se siente protegida, tranquila!

¿Está a salvo entre los perros?


Despertando bajo efectos de la resaca, tras la borrachera del día anterior, me encuentro en una blanca, pulcra y muy sobria habitación. Está llena de gente de azules ojos y blanco vestir. En su mayoría, jóvenes de cara y mirada angelical que; con sonrisa desinteresada observan y dan la bienvenida como recién llegado...

Deslizándome entre sedosas, grandes y estériles sábanas blancas, desciendo desde un alto tobogán hasta posarme sobre la espalda de un gigante y muy viejo hombre; en lento, pausado, sosegado caminar.

Viste sombrero y túnica gris claro. Un tenue azul.

¡No logro sostenerme! ¡Sigo cayendo, hasta sus pies! ¡Sobre un estrecho y bien definido camino de nubes! ¡Densas y límpidas nubes que, en extraña formación de puente meridiano al infinito, describen un pasaje hacia el distante horizonte! ¡Delimitan la separación entre mar y cielo!

Abajo, muy abajo; un azul y apacible mar. Arriba, mucho más arriba, por sobre el viejo gigante; ¡un despejado y azul cielo!

¡Quiero avanzar y no puedo! ¡Intento mirar su rostro y no puedo!

A su alrededor escucho voces; ¡voces de niños que antes eran adultos, le dicen abuelo!

¡Pienso en adultos, viejos conocidos!

¿Volviendo a la vida, renaciendo? ¿Resucitando?

¡Recuerdo que estaba dormido!

¡Intento despertar y no puedo! Una y otra vez; ¡no logro despertar! Me angustio, me desespero, voy quedando sin aliento, sin respiración.

¡Sigo insistiendo en recordar que estaba dormido!
¡Intento despertar y no puedo!
¡Voy quedando sin respiración, sin aliento!
Intento caminar y no puedo, tampoco logro correr, ¡voy quedando sin aliento!
Caigo tendido sobre el extraño camino de nubes.
¡Es mi último suspiro!

Sudoroso, agitado y sin poder respirar; ¡despierto entre sabanas conocidas y las piernas de mi esposa!
Es el mismo hotel, de grandes ventanales, a orillas del ancho mar y distante horizonte. Parece precipitarse. ¡Flota sobre el mar! ¡Sigo dormido! ¡Intento despertar y no puedo! ¡Me desespero!
¡Intento respirar y no puedo! ¡La calle está en caos! ¡Es mi último aliento! ¡Despierto! ¡Aún sigo sin poder respirar!

Sudoroso y muy agitado, ¡asustado!; confirmo que estoy en casa, mi esposa está profundamente dormida.
¡Despierto! ¡No era mi hora!
¡Aún no!

*

Noviembre 2018

***

**Instrucción** para **Imagen ilustrativa**:
*«Ciudad costera en tarde de ambiente en claroscuros, una venada en estado de preñez cruza una calle, tres perros la acorralan. Arte óleo sobre tela»*

## Asesinos de un hombre muerto

Del primer vehículo se desprende un neumático. ¡Ya no da más!, su conductor lo obliga en el avance.

Mi compañera parece estar entre sus ocupantes. Estoy en el segundo auto, desciendo mientras puedo.

¡Se marchan, dejándome a la entrada del pueblo!

Solo, descalzo y de pantalones hasta las rodillas, camino a lo largo de la fangosa calle de entrada.

A mi lado izquierdo; una mujer, joven, ¡casi niña!

¡No logro ver su rostro! ¡No sé quién es!

Luce despeinada y harapienta.

¡Solo me preocupa mi desnudes!

Condiciones en las que asisto a la conferencia. ¡Descalzo, con pantalones a mitad de las piernas y empantanado!

Ni Carmen ni Luisa me acompañan. ¡No sé dónde están!

—¡Eh, eh…, SSSS! Parecen llamar desde la antigua y ruinosa casa a la orilla de la calle.

¡La niña ya no está!

Ante el quejumbroso llamado, me detengo, miro hacia el interior, a través de la media puerta que a la entrada va quedando.

¡No logro ver quién es!

—¡SSSS, eh, eh! Insisten en el llamado captando mi atención, interés, curiosidad.

Decido entrar, abriendo camino ante la pila de escombros. ¡Está complicado, muy abandonado y destruido por completo!

No puedo ir más allá de unos cuantos metros tras la destruida puerta del jardín principal. ¡No logro entrar, ni divisar a nadie en la penumbra, al interior de la casa!

Decido regresar, por otro camino, en apariencia más largo y de mayor claridez.

Sorteando escombros mucho más apilados. En la cima, a mi espalda, un niño; ocho, diez años, blanca piel, amarilla, agreste y reverberante cabellera, bajo el sol del mediodía.

Se burla de mi incapacidad para sortear las dificultades.

Al preguntarle sobre la pesca, incrédulo, se burla de mis conocimientos sobre el asunto.

¡No lo conozco, él a mí tampoco! No sabe quién soy ni cuánto sé de aquellos lugares, su gente, la pesca que alguna vez en ellos llegó a existir.

¡No conoce de historia!

¡Salgo a la calle!

Tres cuatro pasos al frente, en el fangoso camino, un hombre intenta poner en funcionamiento un auto blanco, *Maverick* de los 70, de esos con puertas corroídas por el salitre, en ocasiones sostenidas con los brazos de los ocupantes colgados hacia afuera o por algún trozo de cuerda.

Creo saber quién es y, me apresuro a saludar.

¡No es Goyo!

Es un hombre negro. ¡Ya viejo por sus blancos cabellos!

En el asiento de atrás, ¡una misteriosa mujer!

No entiendo lo que dicen entre ellos. ¡Hablan en otro idioma!


Mi atención se desvía a un choque de dos motocicletas, ¡al interior de la vieja y ruinosa casa!

¡Corro a ver qué ocurre!

¡Sus conductores se han ido a los puños!

El escenario es diferente, no logro entrar hasta el accidente, pero; entre la multitud, puedo divisar con claridad lo que ocurre:

En el intercambio de puñetazos; el hombre más viejo, de la motocicleta delantera, ha caído al suelo tras una barra del bar.

El de la de atrás, que originó el choque, igualmente viejo, en apariencia más joven, fornido, de elegante y nuevo vestir; camisa manga larga a cuadros y pantalón jean, sombrero vaquero —"pelo e guama"—, esgrime un brillante y enorme revolver.

*Colt 45*, cañón largo, cacha de marfil, con blanco y marrones, en vieja, y muy reseca, fornitura de cuero.

¡No logra desenfundarlo hasta colocarlo sobre la barra! Una de sus manos parece herida.

¡Lo esgrime en alto y apunta al suelo, tras la barra!

¡Nadie hace nada!

¡La cosa se pondrá fea! Pienso y me oculto tras una pared.

¡Suena un disparo!

¡Uno solo! ¡Muy apagado!

Menudo y apagado disparo.

Nada que ver con la potencia del arma en cuestión. Más parecido a una de esas viejas pistolas neumáticas de balines.

En aparente persecución, alejándose y ajeno del suceso, revolver *Smith & Wesson 38*, cañón largo, en mano, un agente policial cruza la escena.

Al asomar la cabeza para verificar lo sucedido; la pared del fondo está salpicada de sangre, ¡esparcida en dirección ascendente!

Tras la barra, sobre el lustrado piso, de antigua madera, yace el cuerpo de un hombre muerto, en laguna de oscura y marchita sangre.

La escena ha quedado sola; el viejo tirador no está, tampoco los curiosos y testigos. Todos han corrido hacia la calle lateral, perpendicular a la fangosa calle principal, por donde debí continuar el camino.

Es una calle de agobiante y extremo calor, polvorienta, solitaria, que hace recordar las viejas escenificaciones de sumisos y desérticos pueblos del Oeste americano, tras el anuncio de bandas forajidas, llegada de cuatreros.

*

Abril 2019

***

**Instrucción** para **Imagen ilustrativa**:

*«Hombre, pantalones hasta las rodillas, franela, camina por una fangosa calle. A su lado, una misteriosa niña camina en la misma dirección. Arte óleo sobre tela»*

# Redención;
# del Evangelio según Felipe

En los albores del siglo XXI, la sociedad excluida, olvidada, oprimida, necesitada de justicia, como 2000 años antes, reclamaba el retorno del *Hombre*, del ser y sentir humano.

¡Sentimientos, afectos, de humanidad perdida!

Las elites políticas, empresariales, religiosas, académicas y sus medios de comunicación, adláteres del imperio reinante, opuestas al derecho humano, negaban el inicio de la nueva era.

De las cenizas surgió la vida. ¡Las nuevas escrituras!

A la alta sociedad, dominante por siglos, le aterraba perder sus privilegios.

«¡El *Hombre* estaba entre nosotros!»

Para los privilegiados y poderosos de siglos, debía ser detenido y su historia jamás contada.

En la mañana del jueves, la traición fue evidente.
Según los medios, «la multitud civilizada cubrió la tierra».
Por la tarde; reinó el caos.
Mientras, las poderosas elites, a través de radio, prensa y televisión, civilizadamente, cantaban victoriosas:
*«Crucifíquenlo, crucifíquenlo, crucifíquenlo...»*

*«El Hombre* fue encarcelado, sus seguidores perseguidos, ejecutados».

Al día siguiente, las elites, a través de sus medios, mostraron descaradamente el rostro de una gran mentira.
¡De una conspiración a escala planetaria!
El coraje y la esperanza de un pueblo se tornaron confusos, en tristeza y finalmente en depresión.

Durante dos días, los medios, jubilosos, y sus dueños, proclamaron celebrar «la vuelta de la libertad».
¿Libertad de mentir, libertad para oprimir, libertad ...?

Según sus relatos:
«¡El rey de los desposeídos y olvidados de la tierra, era un farsante!» «¡Cambiemos el nombre y quememos las escrituras!» «¡Que desaparezca la institucionalidad!» Expresan eufóricos por prensa, radio y TV, mientras coronan a su rey.
Asumen el control de las tierras liberadas.
«¡Todo está en calma!», repiten sin cesar.
La fiesta, en palacio, se prolongará toda la noche.

«¡El Hombre no renunció!» Señala un erudito.
¡Vuelve la esperanza!

Al tercer día:

«¡El cuerpo no estaba en el sepulcro!»

Las mujeres, llenas de profundo dolor, informan al mundo que: «¡*El Hombre* no ha renunciado, lo tienen secuestrado!»

En la soledad, el más humilde de los soldados ofreció apoyo: «¡Señor, si quiere puedo buscar ayuda, dígame dónde!»

La alta jerarquía de la iglesia, fiel a su compromiso con las elites, exigía que *El Hombre* renunciara a sus principios.

«*¡No he renunciado al poder legítimo que el pueblo me dio…!*»

¡El mensaje fue enviado!

Milagrosamente, venció todo obstáculo a la libertad de expresión, de pensamiento, de información, y se extendió sobre la tierra.

«*¡Libérenlo, libérenlo, libérenlo…!*»

Clamaron, llenos de esperanza, hombres y mujeres de todos los rincones, quienes, escritura en mano, acudían en la búsqueda del Hombre:

«*¡No renunció, no renunció, no renunció!*»

Al tercer día —el crucificado había resucitado—, los fariseos, desconcertados por la magnitud cósmica del evento, salieron despavoridos.

El secuestrado, crucifijo en mano, estaba de regreso, lleno de humildad, llamó a la calma:

«¡Estoy de nuevo con ustedes, vayan a casa!»

Padre, hijo y espíritu santo, regresaron como una sola persona, sin embargo; esta historia de dos mil años no ha terminado.

¡Los conspiradores, ocultos a las sombras del imperio, esperan, y preparan, su nuevo momento!

*

Septiembre 2019

***

**Instrucción** para **Imagen ilustrativa**:

*«América Latina, imagen alusiva a la Redención, del evangelio de Felipe. Arte óleo sobre tela»*

# Guayacancito;
# de recuerdos y luchas por el bienestar

Escasos meses atrás, ante la adversidad política, económica y social, desde *Facebook* e *Instagram*, la multiplicidad de imágenes era parte de la novedad noticiosa.

Informan, comentan, de entusiastas participantes, con rostros de mujeres y hombres buenos, nobles:

«*Hombres y mujeres de mar*, desde Guayacancito, por segundo año consecutivo, realizan la *Feria Gastronómica del Pescado*.»

Su pasión y amor por el arte culinario, a partir de productos marinos autóctonos, resultado del trabajo y esfuerzo diario desde tiempos remotos, evocan historias, recuerdos de un tiempo no muy lejano para unos y, desconocido para la mayoría de los jóvenes *guayacancitenses*.

Cuentan en relato oral que: Su asentamiento, primigenio, se establece en la conocida punta Manzanillo, sobre la costa sureste de la Península de Macanao, en la Isla de Margarita.

La versión oficial establece su fundación, el 4 de octubre de 1926.

Guayacancito; en la actualidad, se extiende de Este a Oeste, entre Los Olivos, *El Atravesao* y la Punta Manzanillo, Los Mangles, La Presa hasta Las Barrancas, pasando por El Morro. Desde el Norte, por la carretera local 5, hacia el Sur, bendecido por las aguas del Mar Caribe, en la Isla de Margarita.

¡Su corazón palpita!, en audaz galope, en la Longitud 64° 12′57,1" Oeste, Latitud 10° 56′23,0" Norte.

De tiempos más lejanos, entre las *rancherías* de *Chano*, Teresa, Salomón, López; El Crepe, La Tiñosa y La Gracia, menos deteriorada que los dos primeros, vivían el destino de los barcos viejos:

¡Varados!, definiendo y limitando la playa, dónde había que pedir permiso a Salomón, *Manomonche*, para jugar a los piratas, pescadores, contrabandistas.

¡A grandes, viejos, aventureros y soñadores navegantes!, o para pescar camarones y cangrejos en *la poza e Jacinta*.

Jacinta Valerio, la Tía Jacinta. A decir de muchos; «la mujer, madre y padre, de más *guáramos* en una época más vieja» «Cantaba, reía, versaba, también peleaba, mientras *coordinaba y jalaba la cuenda el plomo a boza*, como cualquiera de los hombres o buscando el agua desde *el Hato e Natalio*» «¡Era incansable!»

Desde el suroeste, *la Poza e Tello*, también servía para pescar, entre las piernas, camarones y cangrejos. ¡Pobre de aquel cuyos genitales estuvieran a merced de tan poderosas mandíbulas!

Al noroeste; *La Loma e la Cruz*, ¿cuántas leyendas definían su nombre?

¡Un viejo y no delimitado cementerio!; *los muerticos*, por la inconclusa carretera entre las casas de Vernabela y la *casa e guena, la de Choroco*, en dirección nornoreste, camino al bar de Segundo.

¿Cuándo y para qué se construyó esta carretera sin asfaltar?

Entre López y Valentín; se extendía una *enramada* con piso de blanca y brillante arena. Punto de reunión y juego obligado de las tardes. Juegos que terminaban en auténticas *coñazas*, a puño limpio, entre muchachos.

*Agustín Ceverita* y *Chicho Julieta*, eran los primeros y casi siempre los únicos predispuestos a dar la pelea, entre ellos.

Para ese tiempo, en la playa, entre las *enramadas*, existía una letrina de cuatro *horcones* y tres paredes de zinc. ¡Siempre limpia por la acción y los efectos del oleaje!

En su mayoría, ¡las casas no tenían baños!

Noviembre; ¡era festivo! Con las celebraciones patronales en honor a la Virgen Milagrosa. *Juanaloña*, era la persona más esperada; traía *pan de leche, aliñao*, rosquitas, *tunjas, cucas, piñonate*, solo posibles de consumir, en otro momento, sí, por fortuna, visitabas El Valle del Espíritu Santo o San Juan. También en la Asunción.

*Los Chapalengos*, con retretas matutinas, animaban la festividad religiosa.

Domingos, días de fiesta nacional o Navidad y año nuevo, los atractivos de Guayacancito estaban en la gallera de la tía Jacinta, después o en medio de la pelea de gallos, sus hijos, los hermanos Valerio; Beltrán y Diógenes, *El Capi*, peleaban entre ellos, cuando no contra sus primos los Valerio, Salomón y *Ño Cuchillo*, Eladio; hijos de Nicanor y Pilar.

A pesar de lo crudo y duro de la cuestión, ¡eran peleas de familia a *coñazo* limpio!

Uno que otro momento difícil, de impotencia ante el adversario, donde surgía la amenaza de buscar la escopeta.

¡El máuser o la carabina!

Otro atractivo, por años, estuvo en el campo deportivo, con el béisbol y el maratón como banderas de gloria sobre la geografía margariteña.

¡Guayacancito era potencia deportiva!

Para un tiempo, muy anterior, donde no existía el bar de Jacinta, ¡el cine pasó por Guayacancito! ¡Gratis!, ¡al aire libre!, proyectado sobre la pared de *la casa e Chica Ramona*, hija de Marcelina, *Chelina*, la partera de los 60.

Los bares de Valentín, Toribio, Juan Valerio, Segundo y el de Jacinta, animaban la distracción, ¡cada uno contaba con su planta eléctrica!

En los 80 y 90, *Goyo Rey* y *José Catapun*, marcaron la nota con las *minitecas*.

¡Un año hubo velorio de Cruz de Mayo!

*El Capi*; ¿por qué le dicen *el capi*?

Diligente y trabajador, estaba a la orden de quien lo buscara. En su oportunidad –cuentan los pobladores–, dijo; «ser capitán de barco, con la mala suerte de encallar su primer navío en la Punta de Araya».

Nicolás Valerio, *Manocolas*; jocoso, siempre con sonrisa y disposición de un chiste, no pelaba un velorio. Era el atractivo necesario para mantener el velatorio cuerpo presente y los subsiguientes nueve días de rezo.

En los 70, ¡vino un cometa! ¡La abuela Ignacia oraba para que no destruyera la tierra como castigo divino! Hoy sabemos que se llama *Bennett*, el cometa de dos colas, y que volverá a pasar, por nuestro sistema solar, para el año 3650.

José Inocente; *Chinovillo*, ¡cuentero como nadie! Un alma buena, noble –de esas que encarnan y reencarnan viajando entre épocas, en tiempo y espacio–, el mecánico del pueblo. Nunca me dijo, ¡dónde, ni de quién, aprendió tantas cosas!

En el más sorprendente de sus cuentos orales, narró haber trabajado en un *vapor*, «tan grande, que por su manga no pasaba entre Margarita y Cubagua, y por su eslora, los tripulantes de proa y popa no podían verse, a menos que viajaran cinco, seis, días en motoneta de un extremo a otro.»

A su edad, ¿dónde escuchó *Chinovillo* esa historia?

¡En la oralidad margariteña!, o; ¡realmente era una de esas almas buenas, libres, que en sucesivas reencarnaciones viajan a través del espacio-tiempo!

Esa historia es narrada por Julio Verne en Veinte mil leguas de viaje submarino (1870), atribuida a pobladores del Mediterráneo.

¿Dónde la escuchó?

¿Dónde la leyó José Inocente?

¿Sabía leer o, realmente era uno de los pobladores del Mediterráneo citado por Verne?

¿Era José Inocente, parte de la tripulación del *Nautilus*?

Vernabela, ya de vieja, su fisonomía aún mostraba belleza, rostro europeo que pobló nuestro continente. Siempre se dijo que era descendiente de holandeses.

¡Una vez llegó un circo!

Mucho antes del circo, entre las malas noticias, una tragedia recorrió las calles, sin asfaltar, alterando la normalidad y el sosiego cotidiano:

«¡*Se volcó la pana e Toribio en la curva er diablo!*».

Rafaela y Rosalía; eran las *sobadoras* y *saca espinas*. *José Cheito*, el más viejo de los barberos. ¡Usaba *totuma*! En su conuco, existían unas colmenas construidas con *taparos* secos. Dueño del perro que destrozó el rostro de Martín.

El viejo *Donato*, el carpintero cuyo serrucho; «¡era más viejo que su primera camisa», como me dijo un día al prestarme el serrucho. Su conuco, el más distante del pueblo; «¡en la profundidad y lejanía del *chigüichigual*!»

Secundino, un barbero más joven, hermano de Aquilino; el que, sin pensarlo dos veces –heroico como Aquiles–, contó «caminar de ida y vuelta, desde Guayacancito, al Valle del Espíritu Santo, en veneración a la Virgen». Hermanos de *Yaya*, tíos de *Cuacha* y *José Desnudo*.

¿Por qué, *José Desnudo*?

Apartados, excluidos o establecidos por convicción y herencia en el Morro, ¡José creció desnudo! A sus 18, 19 años, a lo lejos, desde el mar, aún se le veía andar desnudo por la playa, de una casita a la otra. ¡No conocía ropa, no conocía escuela! Al percibir la presencia de visitantes, corría a esconderse.

De la Escuela Concentrada N° 17, con horario de 9 a 12:00 m, almuerzo, receso, y de 2 a 4 pm. Con «maestros abnegados, ¡poco reposeros!», en palabras de Abilia —mamá—, cocinera.

Justino Valerio, *el mocho e pilar*, dijo; «haber sido, el primero y más reaccionario de los alumnos, al inicio de esta escuela, en la casa de Cornelio —papá—». Adelina Valdivieso, la primera maestra, oriunda de Santa Ana del Norte, al otro extremo de la Isla.

De nacimiento *mocho de una mano*, en sus heroicas aventuras, cuenta; «haber luchado contra una *tintorera*», y en tan desproporcionado y mortífero combate, contra tan poderoso y feroz enemigo, «¡solo perdió una mano!»

A *mocho e pilar*, por una mala táctica en pelea callejera, cuerpo a cuerpo, a pesar de sus dos metros, ¡lo venció un enano en la gallera de San Francisco de Macanao!

En las bodegas, de las señoras Ofelia y *Chevita*, vendían cuadernos *Caribe* con tablas de suma, resta, multiplicación, en su cara posterior. Lápiz *Mongol*, papel verde y cubiertas plásticas, lo necesario para la escuela.

El Dispensario —con sus frondosos árboles de almendrón, uva y tamarindo—, era atendido por la señora Juana Regina, 24 horas al día, como enfermera graduada, ¡la doctora del pueblo! Después, *Dochita*, ¡la chica más bella del pueblo y primera reina de las celebraciones fundacionales!

En ese Guayacancito, los amores; de Ercinia y Felicio, como el de *Nicacio Moro* y Amelia, se desarrollan tormentosos, profundos, poco entendidos o malentendidos por enemistades familiares.

El quehacer lo marca la pesca de variadas especies, con diversas técnicas y enseres artesanales.

Como en todos los pueblos de Margarita, se vivía del contrabando de mercancías provenientes de Curazao, Trinidad, Martinica, comercializadas entre margariteños o entre Margarita y tierra firme.

Durante la recluta, todo mundo salía a ocultarse entre *rancherías*, entre los *peñeros* o en el monte, hacia la Loma de Guaraguao o la de Buena Vista. Para los 80, a los policías se les pagaba alrededor Bs 20 por ¡*elegible pa'la recluta*!

La agricultura, de menor escala en conucos y patios, era parte de la cotidianidad económica. En mis recuerdos, resaltaba la hoja de tabaco.

¡En los conucos de Guayacancito se cultivaba tabaco!

El querosén, para lámparas, cocinas, neveras y fogones, lo suministraba Juan Valerio, al pie de la loma, frente a la casa de Rosalía. También la gasolina.

El gasoil, para labores pesadas de pesca, se compraba en *La Maceta*, al lado del puente de la Restinga o en Punta de Piedras.

Al inicio de los 70, desde el tanque en Punta Manzanillo, reabastecido por gabarras desde Sucre o Anzoátegui, el agua era suministrada en tres puntos a lo largo de la llamada calle principal.

Una planta suministraba electricidad, entre las 7 y 10 pm, para el alumbrado público y tres, cinco, televisores en el pueblo. Funcionaban dos, tres líneas telefónicas.

La molienda del *maíz pilao*, se realizaba donde Valentín, *Chevita* o Magdalena.

La apacible vida de Guayacancito, fue marcada, con mucha profundidad, de efectos y afectos, por la política: Primero, durante la dictadura de Pérez Jiménez, como contrabandistas y comunistas, luego; ilegalizado el PCV, durante los gobiernos de Betancourt y Leoni, unos, se hicieron *adecos, copeyanos, urredistas, mepistas.*

Desde la clandestinidad, otros siguieron siendo contrabandistas, guerrilleros y comunistas.

En el fondo, por sobre las adversidades y profundas desavenencias políticas, todos seguían siendo compadres. Una que otra pelea por los gallos, las *balizas*, las *nasas*, los conucos, los chivos…, los amores.

Así es la historia no escrita, inconclusa, entre mis recuerdos, de Guayacancito, al Sureste de la Península de Macanao, en la Isla de Margarita, donde; ante las desavenencias y adversidades, hombres y mujeres, jóvenes, pescadores, como hermanos, como uno solo, por el bienestar de la comunidad.

Luchan, con heroicidad y entusiasmo, contra la falta de atención gubernamental; por agua, electricidad, aseo…, a través de la *Segunda Feria Gastronómica del Pescado*, mostrando, cómo vencer las dificultades, la Venezuela posible, soñadora, alegre, buena, noble.

¡Heroica, libertaria! ¡Auténtica Venezuela!

*

Noviembre 2019

***

**Instrucción** para **Imagen ilustrativa**:

*«Pueblo de pescadores a orillas del mar caribe fecha actual, mujeres y hombres al amanecer. Arte óleo sobre tela»*

# Encarnación;
# ¿mujeres o dragones?

Camino del camposanto, va el pesado –por efectos de la gravedad– y festivo cortejo, en hombros de parranderos, mendigos y borrachos:

«¡*Un pasito pa'lante, dos pasitos pa'tras*! /

¡*tres pasitos alante, cinco pasitos a tras*! ...»

Es parte del ritual mortuorio, con música incluida, en despedida al viejo parrandero y borracho.

Camino al sepulcro, entre conversas, recordatorio de vivencias y anécdotas, lágrimas, cantos y vítores, van llevando al cuerpo yacente «del buena gente» y consecuente borracho.

Mientras, al interior de la caja fúnebre, ¡entre dos mundos, se debate el alma!:

¡Bien o mal!

¡Sagrado o profano!

¡Virtuoso o pecaminoso!

¡Era el momento para rendir cuentas!

Pero; ¡solo había sido un borracho!, hoy, al interior de un ataúd, en hombros de sus connaturales; por lo borracho, mendigo y parrandero.

«Sujetos de la inconsciencia, no humana, propio de bestias que actúan desde el instinto de supervivencia».

«Afectados por la maldad; como concepto característico de la naturaleza y conciencia humana, ajena, no perteneciente a la irracionalidad de cualquier miembro del reino bestiario».

«El hombre, a pesar de su conciencia y raciocinio, en demostración de superioridad y poder; mata por placer». «Para satisfacción e imposición de su visión del mundo».

Tremendo lío –¿existencial y filosófico? –, ante el infortunio, para la atormentada alma del humilde, y ya difunto, borracho.

«¿A dónde irá a parar: al reino de los cielos o a los profundos avernos?»

Invadido su ataúd, desde idílicos paraísos, por deslumbrantes mujeres y despiadados dragones, cual mercaderes, en competencia con ofrecimientos de mejor vivir, salvación y redención.

¡Tremendo dilema de un pobre y difunto borracho, en hombros de sus paisanos, camino del camposanto!

*

Julio 2020

***

**Instrucción** para **Imagen ilustrativa**:

*«América Latina imagen alusiva a la Encarnación, mujer y dragón, cortejo fúnebre. Arte óleo sobre tela»*

# Y el Rey,
# ¡se resguardó en La Española!

Quinientos veintiocho años han transcurrido desde la llegada del primer europeo al nuevo mundo, ¡tras perder el rumbo en la navegación!

¿Quién iba a decirlo?

Más de cinco centurias después, el jubilado Rey ha declarado, en inocente carta a su primogénito y sucesor, que; «viendo las cosas por el lado menos conflictivo, para la existencia y continuidad de la monarquía, mejor vivirá en La Española, de quinientos años atrás».

Allá, a las puertas caribeñas, en los límites fronterizos, de la justicia y legalidad, del hoy continente americano. En su isla de ensueños, donde no lo señalen ni atrape la ley.

Paraíso terrenal, donde toda autoridad parece estar subordinada a su Majestad, el Rey.

Ahora resulta que: «La justicia internacional, anticorrupción y fraude, no es aplicable al Rey, en la caribeña isla»

Ni suizos ni españoles tienen autoridad legal, en territorio isleño, para solicitar su detención, extradición o encarcelamiento. «¡Tanto que señalan y persiguen a quién les venga en gana, mientras no sea rey!»

¡Pobrecito ese Rey; desconocedor de la legalidad y del sistema de justicia! Amaneció de buenas y decidió vivir a plenitud sus últimos días. En exilio dorado a expensas de la inimaginable fortuna acumulada en su creativo paraíso fiscal.

Lejos de la justicia que dice perseguirlo.

¡Qué manso e inocente cordero!, no esperó en su territorio la resolución del asunto. ¡Ni tonto, él mata elefantes!, prefirió salir corriendo a resguardarse, en lo que, quinientos veintiocho años después, siguen asumiendo como suyo a expensas de cuantiosas fortunas allí ocultas ilegalmente, a la vista de todo el sistema penal internacional.

Lo triste; ante el inocente pronunciamiento, es la falta de autoridad isleña que se digne a impedir su entrada en fuga. ¡Tanto es así la inversión ilícita que resguarda esa soberanía!, o aún sigue como enclave colonial europeo.

«Apártese, maja, que ya llega el Rey; ¡*cazaor y mataor de elefantes, a vivir entre nosotros!*» «¡A convertirnos en la novel y fastuosa monarquía americana!»

Clase a parte: ¿Qué harán los neoimperialistas ante declarada y abierta amenaza contra sus intereses en la región?

*

Agosto 2020

***

**Instrucción** para **Imagen ilustrativa**:
*«Rey español, cazador de elefantes, posa victorioso sobre un elefante muerto. Arte óleo sobre tela»*

# Carta al Futuro

En el **#ReversoDelTiempo**; frente a un estado pandémico de prolongada existencia, en mis desvelos por el bienestar de hombres y mujeres de mar que siempre van conmigo, confluyen narrativas, anécdotas, de relevante preocupación hacia la interioridad del sentir, del ser y la continuidad de su existencia.

Historias que describen, definen y cuestionan vidas, seres y sentires, a través de las cuales, cada uno, en absoluta, diáfana, expresión de libertad, quiere ser oído, tomado en cuenta y mostrar su razón.

Desde la lejanía, en **tiempo** y espacio, con los pies sobre la tierra, temeroso del infortunio y naufragio, en la inmensidad y soledad del mar, no puedo más que expresar mi gran preocupación.

Mis angustias ante la adversidad y la visión intuitiva de un mundo futuro. Caótico.

Donde la desesperanza y el malestar social, son la peor amenaza, el enemigo a vencer.

Detonantes y definitorios de un mundo, con estados e institucionalidades inexistentes.

Ante la calamidad; miles de razones, incuestionables, se pueden esgrimir, se pueden tener, que ofuscan la visión del mundo en gestación.

Mundo, en el que; la experiencia científica, el devenir histórico y la intuición, poco escuchada, menos entendida, silenciada o desechada, por mezquinos e indignos intereses, describen y definen como caótico, de proyección y pronósticos devastadores, para toda la humanidad.

En la inocencia e ingenuidad de la vida, sobre la falta de conocimiento del mundo y las relaciones de interés y dominios estratégicos, hegemónicos, la humildad, en hombres y mujeres de mar, a lo largo de nuestra historia, siempre ha sido su mayor fortaleza, su mayor riqueza. El ostentar fortunas inexplicables, su peor debilidad.

De pesadumbre y gran tristeza, como derrota personal, la observancia de un extendido analfabetismo funcional, inducido, que conduce a la ignorancia e ineludiblemente, al fracaso de la humanidad, del conocimiento científico y cultural.

**¡Vacúnate!**

*

Octubre 2020

Para la revista **Salto Al Reverso**, México. Con la exigencia de usar como palabra clave: **Tiempo**.

***

**Instrucción** para **Imagen ilustrativa**:

*«Hombre latino, nostálgico, mirando al universo, escribe una carta. Arte óleo sobre tela»*

# Cumaná;
# ¡en tiempos de confinamiento social!

En medio de este mundo, de prolongado estado pandémico y confinamiento de la vida, de la existencia, donde no sabemos hasta dónde ni cuánto viviremos, tras el surgimiento de cada nueva mutación viral.

Hombre, ¡yo de ciencias naturales!, atribulado por el negacionismo, la ignorancia, la mezquindad, la ambición..., imperfecciones que nos caracterizan y definen como humanos, a ti; destinataria de este recóndito y atesorado monólogo, frenesí de mi existencia, te pido que:

No te enojes / No tengas miedo al infortunio, a la adversidad / No te desalientes / No te sientas agobiada, acosada, acorralada.

Por el contrario, como el más sublime de los propósitos, desde este, secreto rincón, mi espacio vital, quiero que te sientas:

Protegida.../ Mimada... / Complacida... / Amada...
¡Si!

Amada; desde la profundidad del alma y la imperfección humana.

Desde mi tiempo vital, en aparente declive, vísperas indicativas del cenit de la existencia, con mayor probabilidad de sucumbir, ante tan portentoso e imperceptible enemigo, amante; yo de la escritura, la narrativa, la lectura, la conversa, y; sobre todo, el disfrute de la buena compañía:

Te veo… / Te pienso… / Te idealizo… / Como la más hermosa diosa / Divino ángel / Enviada del Olimpo…

Inspiradora, desde toda tú, de los más sublimes, osados e idílicos pensamientos. Musa divina. Sensualmente encantadora. Salvadora de ilusos y simples mortales.

¡Lástima que, solo sea un monólogo!

Peor aún, en conversa virtual, desde la distancia, por confinamiento social.

¡Ay, Cumaná!

Marinera, Mariscala, Primogénita del continente nuestro americano, hacia la eternidad, de tiempos futuros, cómo deseo verte, asentada en el trono de tu grandeza, y enaltecida; en pedestal de gloria.

¡Ay Cumaná, de mis amores!

¡Ay Cumaná, de mis desvelos!

¡Ay Cumaná, de mi existencia!

*

Diciembre 2021

***

**Instrucción** para **Imagen ilustrativa**:

*«Cumaná, ciudad marinera, mariscala, primogénita del continente americano, diosa del Olimpo, encantadora de hombres. Arte óleo sobre tela»*

# El Autor

Venezolano, nacido en 1964, docente en física básica, investigador socio-científico, crítico de los modelos teóricos, filosóficos, sobre creación, existencia y expansión del universo.

Analista, cuentista, relator, a tiempo completo, de narrativa sociopolítica, menudencias y devaneos, con más de 300 artículos en páginas web.

De afición y pasión por la narrativa pedagógica, es redactor, administrador, del blog "Entre Morrocoyes, Camaleones y Especuladores".

Como publicaciones autoeditoriales menciona: *Venezuela Bolivariana: ¡Extraordinaria e inusual Venezuela!* (Política y sociedad, 2019), *Operación Escolopendra* (Crónica vivencial, 2019) y, *Aquí nosotros* (Ciencia ficción, 2021)

Cumaná–Venezuela.
Mayo 2024.

***